西班牙三棵樹

木心作品集

1982年攝

群狐正立有孔雀
西此雕不多言語
可憐鸚鵡哈喇剌
竹林風流老海外
風前住構棄弟
古然句後讀南

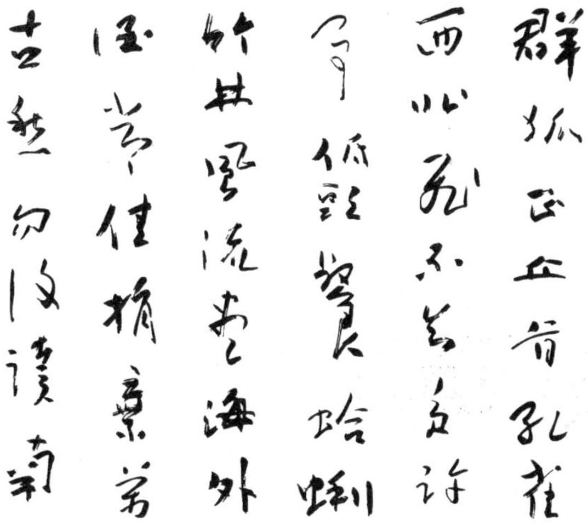

手跡

編輯弁言

木心的文章總是空襲式的，上世紀八〇年代他的《瓊美卡隨想錄》、《溫莎墓園》、《即興判斷》……曾那樣空襲過台灣不同世代即使最挑剔的讀者。一如葉公好龍，神龍驟臨，讓我們驚駭、感激、困惑、羞慚……像舉手遮眉抬頭望向天際，這些穿透二十世紀的文明劫滅或藝術心靈墮壞的灰色長空，如自在飛花，卻又如旋風如光燄爆炸的詩句，究竟從何而來？

他像是來自遙遠古代的墜落神祇——在某個意義上說，木心的那個世界，那個精緻的、熠熠為光的、愛智的、澹泊卻又為美為精神性叩問而騷亂的世界，在他展開他那淡泊、旖旎的文字卷軸時，早已崩毀覆滅，「世界早已精緻得只等毀滅」——他像一個孤證，像空谷跫音，像一個「原本該如是美麗的文明」之人質。有時悲哀沉思，有時誠懇發脾氣；有時嘿笑如惡童，有時演奏起那絕美故事，銷魂忘我；有時險峻刻誚，有時傷懷綿綿。

我們閱讀木心，他的散文、小說、詩、俳句、札記，如織如梭，難免被他那不可思議廣闊的心靈幅展而顫慄。我們為其全景自由的洞見而激動而豔羨，為其風骨儀態而拜倒而自愧。他是結結實實的懷疑主義者；他博學狡猾如狐狸，冷眼人世，似與老莊、希臘賢哲、魏晉文士、蒙田、尼采、龐德、波赫士……在一穿過人類文明曠野的馬車，蹦跳恣笑、噴煙吐霧；卻又古典柔慈在童年庭園中，以他超前二十世紀之新，將那裹脅著悠緩人情，戰爭離亂，文明劫毀之前的長夜，某些哲人如檻中困獸負手旋室，卻一臉煥然的光景，像煙火燒燎成一個個花團錦簇的夢。

此次印刻出版社推出之「木心作品集」，是目前為止海峽兩岸木心文集最完整之版本，其中《詩經演》一部，應可一慰讀者渴慕之情。哲人已逝，這整套「木心作品集」的面世，對我們，或如漫遊一整座諸神棲止的嘸語森林，一部二十世紀心靈文明墮敗與掙跳，全景幻燈，摺藏隱喻於他翩翩詩句中的整齣《紅樓夢》。

目錄

引

a「三棵樹」是西班牙產的一種酒Tres Cepas，初就覺得清純，繼之讚賞，不久又嫌那點點甘味是多餘而不良的。

b曼哈頓上城區，麥迪遜大街，白鯨酒吧，進門兩側櫥窗，儘量海洋風調，別人還以為討好梅爾維爾，其實是借借Moby Dick的光，做生意。

c在白鯨酒吧啜「三棵樹」，寫長短句，消磨掉像零碎錢一樣的零碎韶華，韶華，在辭典裡是青春歲月的稱謂，我忘掉辭典就是了。

d待要成集，亂在體裁上，只好分輯，分三輯。

e哀利絲．霍珈走過來悄悄說，說如果有人欺侮你，你就種一棵樹——這也太美麗得犬儒主義的春天似的；我是，是這樣想，當誰欺侮了誰時，神靈便暗中播一棵樹，森林是這樣形成的，誰樹即誰人，卻又都不知道。

f詩集無以指喚，才襲用一用酒的牌名，西班牙與我何涉，三棵樹與我何涉，誠如Faust作者所云：假如我愛你，與你何涉。

一九八六年夏

輯一

中世紀的第四天

三天前全城病亡官民無一倖存
霾風淹歇沉寂第四天響起鐘聲
沒有人撞鐘瘟疫統攝著這座城
城門緊閉河道淤塞鳥獸絕跡
官吏庶民三天前橫斜成屍骴
鐘聲響起緩緩不停那是第四天

不停緩緩鐘聲響了很多百十年
城門敞開河道湍流燕子陣陣飛旋
街衢熙攘男女往來會笑會抱歉
像很多貿易婚姻百十年前等等
沒有人記得誰的自己聽到過鐘聲
鐘聲也不知止息後來那天而消失

呫囁

出了伊甸
靈魂便穿上
可以禦寒
可以卻暑
的肉體

也有忘了穿上肉體

的靈魂
也有
不肯穿肉體的靈魂
一陣雨
一道陽光
蒸發完了
魔鬼呢
魔鬼
穿了一重
又一重肉體
天使

天使的肉體薄
薄到透明

我未曾穿過
一重以上
的肉體
難得半透明
極難
我

寄回哥本哈根

已經很多年
流行穿蘑菇色風衣

流行很多年
不好說流行
（說什麼）

人穿了蘑菇色風衣走在路上
比蘑菇多兩隻腳

蘑菇圓
人不圓
蘑菇靜
人不靜

（走來走去）

蘑菇有鮮味
人沒有鮮味

人吃蘑菇蘑菇不吃人

我也不吃沒有鮮味的人

昨天我在丹麥

祭葉慈

蔚藍終於拜占庭航向綢繆你卸盡詩章，
余亦識眾星如儀羅盤在握嗟夫聖城覆滅，
遲來者半世飄流所遇紫靄沉沉中途島呵。
預言嗎我能，你預言榮耀降臨必在二度，
除非眉額積血的獨生子換了新父，我預言。
凱撒海倫米開朗基羅都曾長腳蚊過來的麼，
平素拒事體系的我盈盈自限於悲喜交集，

竟然伸攀信仰，翡翠懷疑指環蔓卷的手。
吁，形彈貌衰心綻智揚，夜闌記憶大明，
聖蘇菲亞殿堂未啟柏拉圖院門未掩，那時，
啼唱啼唱那株金打銀造的樹上璀璀粲粲，
那隻人工的鳥閃爍其辭便是一樣的我。

赴亞當斯閣前夕

一些異味的
細點子憂悒
撒落門口
雀兒啁啾，飛走
天色漸暗
憂悒在

年年名繮利鎖
偶值深宵
與少壯良友談
那類談不完的事
每次像要談完它
因而倦極
因而無力成寐
良友似一本
平放的書
架上諸書也睡著了
常常是此種
不期然而然的橄欖山

現在變得
凡稍有幸樂將臨的時日
便見一些細點子的憂悒
撒落門口牕口
現在變得
當別人相對調笑似戲
我枯坐一側
不生妒忌

現在變得
街頭，有誰擁抱我
意謂祝福我去
遠方的名城

接受朱門的鑰匙
我茫然不知迴抱
風寒，街闊
人群熙攘

總之，龐貝冊為我的封地時
龐貝已是廢墟

北美淹留

赴約的路上

薔薇憂鬱

牧羊犬憂鬱

APT憂鬱

魚骨天線憂鬱

斜過747憂鬱

士多啤力忌紅憂鬱
意大利肉串焦憂鬱
心形氣球銀亮憂鬱
沒有什麼
是沒有什麼

AVE
ST
陰霾仲夏
從早晨起就不高興
很不高興了

〈梵谷在阿爾〉觀後

大都會博物館看罷
〈梵谷在阿爾〉
下午四時
森丘派克樹樹皆梵谷
後面的天　梵谷天
小便急了

鑽進樹叢
ＳＯＳ過後
又是一個心曠
神怡的男子
但見枯草地上
狼狗逐松鼠
松鼠沒命地爬上樹
上帝之德　歷歷可指
（狼狗轉身追鴿子
鴿子撲翅飛起
上帝之德
真是歷歷可指）

狗在草地
松鼠在樹上
鴿子在空中
梵谷在博物館裡
我在路上走

下午六時了
曼哈頓第五大道
耶誕節前三天的路啊
上帝之德真是左右歷歷可指

上帝

從早晨到此刻
我吃過一只蛋一杯奶
你的雞的蛋
你的牛的奶
多麼快樂呀
就要下午七點鐘了
上帝之德無處不是歷歷可指
從銀行裡取出一些錢
夠買香腸和威士忌
下午八點鐘了
我在路上走
狼狗到哪裡去了呢

松鼠到哪裡去了呢
鴿子到哪裡去了呢
梵谷在博物館裡
我在路上走

西岸人

諾爾曼古堡
巴里里塔
臨海多悲風
不是遲暮的我
住在那裡
是遲暮的葉慈

夕殿

迴廊止步自問
而今所剩何願
曰無　都不必了
驀地興起一願
髣髴若愛爾蘭之葉慈
揮華服俱去
裎身御風而行

毋與歌德言

毋與歌德言
葉慈　唯君明審
年命之遲暮
憤怒和情欲
竟殷勤顛舞
前些秋夕
前一個月的寒夜

如此晤及三度
剛啟始愛
兀自慟絕了

夏夜的婚禮

夏季裡的事多半容易沾隨記憶
許是久處溫帶自來私悅於夏的緣故
其他三個名音琦美的季節屆時偏愛
嘗試比取時莞爾相認容易記憶的是夏
獨居者日長怡靜迴環滋生的近身瑣事
無端而垂緒的瑣事因之歷歷如瓔珞蔽體
浪跡漸泯的遷客深明福祉定義已在乎此

重大的故實件件皆癘毒否則何以稱重大
世界是個瓷器店歷史是上場接下場的鬥牛
但憑狡黠脫身走在不見碎瓷血牛的綠蔭下
一任瑣事繚繞如瓔珞蔽體清涼自許福祉

夏季在去年的苦楚仍然是知識的臨界匱乏
例問Luciola Vitticollis是怎樣的呵
鞘翅類的小昆蟲之多種族為什麼為了什麼
中國江南仲夏便見螢光點點於古臺芳榭
何以北美洲緯度等如的地域夏闌始見螢飛
Luciola Vitticollis整個灰褐無光澤
前胸桃紅尾端暗黃牠的頭隱在前胸之下

習慣產卵於淺湄草根卵子也有澹弱燐爍
幼蟲小小像蛆漫長冬寒冥伏土層各自作蛹
春來化成鞘翅的正式螢那麼北美洲育螢遲遲嗎
螢子翾移夜色中含黃的綠輝宛如會呼吸的寶石
悠悠亮起悠悠闇沒卻是瞬間瞬間的無為劇情
殘剩的知識浮示螢的發光部由繁多細胞簇成
螢自土壤汲磷抑吮自植物符號也是P嗎
知識又斷了鏈鎖徒然聽信閃光是引侶婚媾

拇指食指的輕撮中並不掙扎亦非侍機的佯死
最溫文的蟲吧螢仍按其節律冷炫稍稍轉為急促
置於掌心也未展翅兀自沿腕爬上臂來一如覓食
螢與人毫無感應徐徐顯出孤伶在於撮螢的人

夜色使草坪寬廣林蔭的濃綠聳作森嚴黑屏
群螢愈見輕盈高低明滅款飛⿰巽色⿰青色細雨飄落
若有歸者行過毋庸道晚安添說請看美麗的螢
兒歌童話謎語謠曲中的螢是赤子自己素人自己
這樣的朝代恩讎興衰次第過盡也算倥傯了卻塵緣
眼前又是深宵無人高樓窗戶猶明映籠纖草修木曲徑
空氣因微雨滋潤熟悉得陌生了的癡癡童年的夏夜呀

夜十時後去看螢飛以致接續夜夜彳亍在草坪邊緣
新的知識是螢在雨後或極微的雨中漫遊最為恣意
如有本昆蟲學在書架上就亟於取下翻看有關之章
傍晚瀟瀟雨歇俄頃一天綺霞無言蒼茫入暮不覺凝黑
餐畢吸菸髣髴若有人語這樣正是螢子尤歡的良夜啊

那是去年夏末的瑣事赴約似的孑身悄然掩扉下樓
階盡便有青澀的氣味隨風而撲鼻霎時沁透胸臆
草坪夜幕沉沉不見半點螢光像是從來未曾有過
下午雨前或雨後刈草機密密巡迴工作那是真的
其時群螢棲息草根不知逃遁牠們頃刻全成了齏屑
草坪上若有一盞燈一本專述螢的書也不欲開閱
瑣事繚繞如瓔珞蔽體的清涼福祉何可多得
世界是瓷器店歷史是鬥牛草坪上歷史來過了

春寒

商略頻頻

昨我
已共今我商略
一下午一黃昏
且休憩
且飲恆同室溫的紅葡萄酒

獨自並坐在壁爐前
凝眸火的歌劇

明日之我
將不速而至共參商略

那件事
那個人
那是前天定奪了的
愛或不愛

十四年前一些夜

自己的毒汁毒不死自己
好難的終於呀
你的毒汁能毒死我
反之，亦然
說了等於不說的話才是情話
白天走在純青的鋼索上

夜晚宴飲在
軟得不能再軟的床上
滿滿一床希臘神話
門外站著百匹木馬
那珍珠項鍊的水灰的線
英國詩兄叫它永恆
證之，亦然
乾了等於不乾的杯才是聖杯

太古，就是一個人也沒有
靜得山崩地坼
今夜，太古又來
思之，亦然
靜了等於不靜的夜才是良夜

丙寅軼事

比來
乏善足述
且也很久了

頃見中文報載
貝多芬屬十二生肖之虎

不禁莞然

之外　命運十分可怕

命運

命運十分精緻

Fracture

拿破崙指甲積著別人的祕密
賽馬商與聖方濟亦曖昧不清
是故土耳其藍旗上貼了灣新月
耶穌的父親實實在在部屬Rome軍
醜陋者是意外撿到個瓜葛生命
豔麗者活著才是醒睡咸宜的本份
童話中林間古堡用糖果餅乾造

剛寫完七磅悲劇總要去洗澡
就緬懷第一輛火車短得不敢笑
完美是可怕的上帝深知咱們膽子小
譬如春天囉卡洛思神甫瓶裝黑春天
赤道兩邊有戀史也哪會是長篇
逍遙學派歇腳於 Pizza 連鎖店
昨昔是玫瑰牌真理海盜不數錢
原想花在情場上戰場上的百般輜重
變得那樣薄那樣輕那樣淺淺
風來搖曳整齣秋光是白癡的蘆棉
曠野電桿木嗡嗡低鳴還有什麼
探險家的太太又把 Map 扯成了碎片

十八夜　晴

十二月
十八夜　晴
歸途步行
望及整片天空
無數脈脈的星　恍若
迢遙童年所識乃一度

今夕始見二度

想起愛情

亦歲闌燈影並步
於明衢於閭巷於市河長橋
相偎仰對繁星
驚悅　呫囁
唯赤誠之戀
燃燒而飛行
能與杳無神靈的宇宙作睥睨的是
吻

而消殞

而凡消殞

皆獨自隳滅

泥天使

四月杪
四月五月間
紫丁香紫丁香無疑
胴體作甜餅墮杯狀
眉之三角洲棲唇尤宜
太陽穴的酒精力度
少些曩昔雲

多些些來日雨
浙江的勤
巴黎的懶

面對面的隱士

當你還是
晴朗地
款款清語
不知已傷裂了誰
誰被傷裂
如若你憬悉

必將陰晦而悄遁
你憬悉了，如若
晴朗依然
清語款款依然
那夜
那，晨
我仍是我
你豈復是你

不說
永永不說
你無由憬悉

每次，雯光清颸
恆使你勿明
誰已傷裂

JJ

十五年前
陰涼的晨

恍恍惚惚
清晰的訣別

每夜，夢中的你

夢中是你

與枕俱醒

覺得不是你

另一些人

扮演你入我夢中

哪有你，你這樣好

哪有你這樣你

鬥牛士的襪子

互道天氣的巴黎人哪
能冷　能淡
悠然不見南山
頗欲此去一訪陶潛
先生以採菊入詩過足非所欽邪

最後的高臺

最後的朝日照北林
沒有幾個人能永久慚愧下去
他逸脫萬頭攢動的歡迎會
悄然尋覓童年奔波的街
就怕找不到了的倫敦老街
想　何必有一個名叫卓別林的人

你說
也來部《世說新語》如何
雪夜命舟之流
吁　非一時之趣一個人的心力
區區呂覽尚且興師動眾
中華不見風度才調久矣

何況斯賓諾莎猶太的族荷蘭的檔案
臨了卜居在海牙

維也納教堂中
童聲還在合唱
「看吾美足」
當然是神的裸足
我還是穿襪子的好
寫詩就是脫襪子
示人以裸足
我還是穿襪子穿鞋子的好

到那時

我臏落雙足（吾祖曾遭遇如此）
你翻越庇里牛斯山而達馬德里
我找出一些虯結的阿物兒
說
看我從前的襪子

雪後

晚七時半
林肯中心右樓
八時正進場
誰的交響樂
不知道
票子是陌生朋友送的
交響樂是很多樂器很多人的事

指揮孤獨無助
那是他自己要這樣的

論擁抱

人體
相互
接觸時

血液中
含氧的血紅素
快速

增加

血紅素
使肉身諸因子
均衡
持平

病者
早康復
健者
更毋庸議

親愛的

擁抱你
我緊緊擁
抱你

決不是
上述的
原因

旋律遺棄

下樓啟門
烏雲邊射來晴光
照著一個我

濕而尤黑的樹幹
水潭映天的路
情心如箭的赴約

狂歡銷歇後的氽歸
都曾與烏雲晴光相連

掩門匆匆走了
整部記憶呆在臺階上

如歌的木屑

我是
鋸子
上行

你是鋸子
下行
合把那樹鋸斷

兩邊都可
見年輪
一堆清香的屑

鋸斷了才知
愛情是棵樹
樹已很大了

涉及愛情的十個單行

說純潔不是說素未曾愛而是說已懂了愛
無限是還勿知其限的意思沒有別的意思
誓言是那種懶洋洋側身接過來的小禮物
現代人是睞睞眼瞼就算一首十四行詩了
何必豔羨硬邊之吻幾縷不肯繞樑的餘韻
情場上到處可見僥倖者鞋子穿在襪子裡
別人的滂沱快樂滴在我肩上是不快樂的

到頭來彼此負心又瀕死難忘的襤褸神話
沒有你時感到寂寞有了你代你感到寂寞
清曉瘋人院裡修剪得整整齊齊的冬青樹

甜刺蝟

你是船我是車
你是車時我是船
船要和車擠在一起
不是船裂便是車折
及至船載車車曳船
不外乎去修理去賣掉

初識你呀是個夜
樓梯轉角的一瞥
唇渦或眉梢
極微的某點特徵
我針刺似的感到
可能釀生什麼

瘋人院的鐵門口
用腳掃落葉
去年秋天誰知世上有你
喘不過氣來的瞬間
心中喝一聲懦夫
喘過來便軒昂而笑

好了
不再勞瘁於思念
雖然啊雖然
我是臨街櫥窗中的刺蝟
巧克力刺蝟
視之可怕食之還不壞

我的主禱文

皆因兄弟不愛我
乃美食華服精甑辭令
恍如碧水環繞的紫禁城

果若兄弟愛我
我糴粢敝褐期期艾艾
悄然狂喜於兄弟的背後面前

末期童話

我獨自倚著果核睡覺
今日李核
昨日梅核
明日桃核

我倚著果核睡覺
香瓤襯墊得愜意

果皮乃釉彩的牆
牆外有蜜蜂，宇宙

此者李
明日余睡於桃猶昨日之梅
不饗其脯不吮其汁
我的事業玉成在夢中

其實，夫人
余誠不明世故
何謂第四帝國的興亡
夫人？

我的預見、計畫
止於桃核
世人理想多遠大
我看來較桃核小之又小

昨梅核今李核明桃核
我每日倚著果核睡覺
忙忙碌碌眾天使
將我的事業玉成在夢中

晚禱文

普魯士並不靠
普魯士藍著名
靠七週戰爭於Sedan
執拿破崙Ⅲ直搗巴黎

蒙的卡羅豈以
蒙的卡羅紅迷人

以賭的全歐性全球性
天文數字性迷人

一種景色
聯想不起另一種景色
才是值得眷眄的景色
餘可緩緩類推

嘗聞予友女詩人婉言
所謂時常流連
雖也時常厭倦云云
伊佯指迂迴林蔭小路

今日午夢乍醒
夜色彌窗漫園
疑此身猶寄西班牙
頓覺博學可恥

托爾斯泰的奢侈品

托爾斯泰的
故居，
雅斯那亞
玻里亞那鎮，
離莫斯科
三個小時半車程。
那所房子

一切陳設，
擺得
如同從前
主人在世之日。
因為
這是紀念館。

兩層石屋。
客廳有一長桌
上覆白布
中國瓷器
俄國銅茶炊
呆著不動。

客廳的沙發
都是藤做的
另有一張圓桌和椅子
供會客用。

托爾斯泰生前
極愛音樂
最喜歡
蕭邦
說 是
音樂的普希金
鋼琴
倒有兩臺

他聽，客人中的鋼琴家
彈蕭邦
聽完……淚汪汪
罵蕭邦是
畜生

書房的桌上
《卡拉瑪佐夫兄弟們》
出走前夕
猶在看此書。
當時看到的地方
攤開著

臥室
最能顯示他
生活簡樸，
盥洗用具
一細頸瓶
一盆
一搪瓷桶。
床架銅製
寬鬆的上衣
均自紡自製，
還有一頂夏季長簷帽
他還會自做靴子
真聰明

唯一算得上
奢侈品的
是廁紙。
那時候
俄國平民
還不太知道
廁紙這種東西
（也不明白他們她們
怎樣料理這件事；
也生活過來了
過去了）

托爾斯泰
當年被
俄國東正教
開除教籍。
因此
他的葬禮
采平民式。
墓地
就在故居之旁。
如今
當地男女結婚，
都習慣到
墓地獻花

致敬
如果你不結婚
也可去那裡
獻花　致敬。

啊 米沙

1

去年秋天的信上
翻覆埋怨你的沉默
你回信說
讀得十分痛苦

啊米沙
憑上帝的愛
別生我的氣想想我
一顆被人拋棄的石子

我在此地
孤立生活
避免惹人注目
一如往昔

尤有甚者
五年來
我和一個警察

共度光陰

偶爾上天賜我
完全獨處
我內在的東西
已被扼殺了很多

也生出新東西
我曾經提到過的病
類似癲癇
又不是癲癇

2

我看透了莠氓
盜賊的作為
小人物的命運
我沒有白費時間

對於俄國庶民的了解
敢詡數一數二
有點自鳴得意
希望你能見諒

大家設法寬慰我

說都是老實人
我懼怕老實人
甚於懼怕有心機者

3

凍徹骨髓
坐十個鐘頭的無篷雪橇
站上暖和的房間
也無濟於事

一八四九聖誕夜
十二時

鐐銬第一次加諸我身
它們重約十磅

步履維艱
心如鉛沉
脈搏跳得特別怪
反而不覺得痛苦

野外清爽的空氣
有恢復精神的效益
在一切新經驗之前
總會有奇異的活力和渴望

4

無篷的雪橇上
一路張目遠眺
喜氣洋洋的彼得堡
屋舍燈火通明
駛近你的家宅
你告訴過我
孩子們要跟愛彌麗
一起去參加聖誕宴會
啊那幢房屋

我心摧割
時隔多年還記得
向它們這樣暗暗道別

抵雅洛斯拉渥
天泛魚肚色
史羅塞堡小客棧
我們牛飲了一番

八月監禁六十里雪橇
饕餮亢奮的胃口
至今思之
猶有餘樂

5

跨越烏拉山脈
才叫淒慘呢
馬匹和雪橇深陷雪地
時已夜晚
從雪橇上爬下
站著一直等
等它們救出來
四野狂風暴雪
立在歐洲亞洲交界線上

眼前西伯利亞不可知的未來
背後我們過去的一切
這時才淚如雨下

一八五〇年一月十一日
來到托包斯克
當局檢查搜身
把錢悉數取走

那少校柯里富佐夫
難以想像的小暴君
某某因睡覺向右不向左躺
從頭到腳一頓鞭刑

6

天氣冷得水銀也凝定
小窗子兩面結冰
到處有透風的罅縫
整個冬季零下四十度

鄂木斯克窮鄉僻壤
一棵樹也沒有
需要書和錢
尤其是黑格爾的哲學史
幾乎全部是軍人

骯髒放蕩極了
要不發現一二良性者
我真會憤懣而墮落

早該拆除的木房子
壁板全已腐爛
地上汙穢一英寸厚
窗櫺上冰厚三英寸

前面一個大木槽
供便溺用
幾乎無法呼吸
囚犯自身也臭得像豬

沒有蓆墊
短襖作蓋被
兩腿總露在外面
夜復一夜受凍

7

再愛
開始新的生活
一想到這個
我就噁心

這才明白
已死者
非可代替
新的愛無由也不應該

模糊的怔忡
絕望的狀態
未曾有過的心情
十足寂寞

此七章，皆以杜思妥也夫斯基在西伯利亞所寫的信為藍本，僅加整飭。尼采認杜思妥也夫斯基為「唯一有以教我的心理學家」，他慶幸這意外的收穫，甚至比發見司湯達爾尤有過之——我則尊尼采與杜思妥也夫斯基為一對偉大的「括弧」，尼采是「（」，杜思妥也夫斯基是「）」，凡我服膺的先輩，都在此括弧中。

再訪巴斯卡

少年
由於一支蘆葦
認識了
法國的巴斯卡。
我望著湄岸
出神，
覺得蘆葦很美；

耶穌問道：
「你們到
野地裡來
看風吹蘆葦嗎？」
便答：
「是的，拉比
我是來看蘆葦的。」
基督撇開我，
接續喻言下去，
才知道
先知比蘆葦大
他比先知大多了。

彌撒亞走遠
之後，
蘆葦年年
臨水而生長
而搖曳，
蘆花開了
奶酪一樣溫茂，
令人忍不住
取來
做成枕芯。
巴斯卡是
數學家、哲學家
他選了蘆葦

來形容
人的卑微和偉大，
不同於
我這種戇直
安貧又貪玩的想法。
他是雅士深致
悲天憫人。
（法國的山中盜寇
托人到巴黎
買了最好版本的
《巴斯卡沉思錄》
行劫之暇
讀幾頁，

心中快樂）

壯年
由於一只蘑菇
認識了
美國的愛默生。
樹林裡
深秋的早晨，
他蹲下來
指指一只蘑菇：
「簡直像團粉糊
像顆凍子，
它專靠那不停的

推擠，
柔和得
不能想像的推擠，
竟能夠
穿過那
凝著霜的泥土，
而且真的
頭上頂起
一塊堅硬的地皮。」
我比少年時
開悟了些：
「您是用它來
比作

仁愛的力量嗎？」
「是的，這條原理
能用到
最大的
利害上去。」
「誰曾用過？
從您的
一八四一
到我的
一九八三年，
沒有在
極小的
極大的

利害上看見
這只蘑菇的
推擠。」
「是的，它那效力
被認為過時
被忘懷了……」
「我也知道
如果刀鑿不開
人的頭顱骨，
就把麥籽
漏進去
再灌水，
不久

硬殼豁裂
聲音也沒有的。」
我們站起來
他把手放在我
肩上，
愛默生他瘦
顯得個子高些。

輕叩
巴斯卡書齋
門開了
示意我入內。
「不了，說幾句

便告辭的。」
「請說。」
「四十年前
因一支蘆葦
認識了先生。
我向您作證
那句話
歷三百二十一年
沒有被人忘記。」
「我引以為慰。」
「不，人是
會思想的蘑菇
人除了

謙遜和高尚，
還能作
柔和得不能想像的
推擠，
把頭上的
積著霜的硬土頂破。」
「能嗎？」
巴斯卡柔和得
不能想像地
微笑了。
「您就是。」
「我？不行。」
微笑收去一半。

「您在科學上的
見解，
已給
數學和電腦學
起了
絕妙的作用，
人們都說是
莫大的作用。」
「在道義上
又如何呢？」
「是的。」我搖搖頭
「還不見
道義上的……」

「我引以為憾。」
微笑全收。
「告辭了
先生，
您的話流傳了
三百二十一年，還會
流傳下去。
我的話
會流傳嗎？」
「但願
那也是
應該流傳的。」
「您知道

凡是應該的
都會消失似的
凡能存在的
都是不應該似的。」
「我的一句
為什麼
還存在呢？」
「例外
任何事物
都有其
例外。」
「您可等待
另一個例外。」

「不等了，先生
您能把我的話
重複一遍嗎？」
「您說
人是會思想的蘑菇。」

歸途，夜寒料峭
月光如水，
忘了該
對巴斯卡說
這句話
是愛默生
引起的，

一句話中
夾雜著三個人
不加申明，不安心，
返身朝那
蘆葦叢中
亮著燈光的書齋
疾走，
復穿小樹林
雖有月光，
踩壞了
好幾只蘑菇。

劍橋懷波赫士

一從沒有反面的正面來
另一來自沒有正面的反面
克雷基街上即興考證
如夢邂逅（以前也曾走過）
克雷，克雷基，塞爾特苗裔
蘇格蘭瓜瓞緜緜，嗟夫
與阿根廷有涉與支那何涉

難改的這是很壞的習性
隨時分神於莫須有的瑣思
抑鬱男子的又一不祥特徵
灰紅窄巷，俄羅斯逃亡之鐘
樓群疲憊地亢奮著
情似童年賴學的窒息邸館
西席長老殷勤推溯
卒叩先祖姬昌，於岐山麓下
羑里之土今猶在（以前也曾走過）
散宜生胤嗣未見出沒於北美洲
是故朗費羅與我何涉，你提起他？
譬如在巴黎，垂暮冬日迷雪
淵博而淺薄的法朗士與我何涉

你已斷決我們濟濟臣屬於愛或炎情
若非臣屬怎稱叛逆，拉丁美洲算不得佈景
這裡的河是那邊先有了河
對岸的舊屋業已認輸，明月獨自升起
風寒，殘蘆寥寥，我被激怒了似的
你也是？常會被激怒似的踽踽退回
斜躺在亞當斯閣二樓客室的白床上
每個抽屜都是空的，我是孤兒
禮拜一去墓園細雨如粉撒落
碣石上的名與宴座上的名同嫌陌生
禮拜二喝方場窪角的阿爾及爾咖啡
混合如巫醫煎藥，此物差堪解恨
禮拜三買 Bari 煙斗聊慰久疏的收藏癖

畹晚躲進大餐廳的耳房，清酌伊始
有人探首問，這裡是哲學桌子嗎
這裡有桌子，沒有哲學，煙斗敲得響如槌
禮拜四 Fogg 博物館小沙龍的中古繡椅上
坐談移時，他們把倫勃朗的東西
掛在通向洗手間的過道轉角宛如奴婢
禮拜五，十餘男女陪我吃宵夜旨在攻毀城堡
詭辯風華在古代所幸時光倒流兩小時
燭枝吊燈的塵埃飄浮涼卻的湯盆裡
哦，事已至此何必吝嗇這堆破碎的鏡子
記憶的自身就是記憶，就是
比作月光下草地上的影侶（以前也曾走過）
那年噩耗驟傳引起我敬羨不禁模擬
緊閉雙瞼，卻見你張目北向凝眸

輯二

艾華利好兄弟

湯和菲爾，是兄弟
他倆有個會唱鄉謠的父親

兄八歲，弟七歲
上電臺客串
父親抽空教他倆諧音和唱
唱呀唱，唱了十年

突然被電視臺唱片部門看中
一飛衝天

一九五七年灌錄了〈拜拜吾愛〉
流行曲榜上的亞軍歌
順風旗扯到一九六二年
菲爾還記得，說
這首歌，許多歌手不肯唱
我們冷手捏住了個熱煎堆

一九七三年
加州一次演唱會
中途起爭吵

菲爾，忍不住
當眾把吉他摔個碎
第二晚，演唱會照開
出來一個人，湯
他悠然宣布：
「十年前
艾華利兄弟已不存在。」
（這場演唱會真好苦
不聽，對不起湯
聽，對不起菲爾）
娛樂商，出重金
禮聘兄弟復合而復出

他倆，從此不見面

光陰不容易過也容易過
今天的湯幾歲了
四十六
那弟弟必然四十五
想當年，黃金時代
十五首冠軍歌曲都屬於他和他
吵架、分手、噩運來了
吸上毒，差點兒送掉命
兩部婚姻也都是慘劇加丑劇
今夜

阿爾拔音樂廳為何這樣鬧
人群潮湧，那是誰，那是誰
連大名鼎鼎的歌星保羅・麥卡尼
保羅・賽門，艾力奇・立頓
都像飛蛾撲火地進了場

臺上出現了湯和菲爾倆
未開口，掌聲狂
歌喉真依舊：
〈拜拜吾愛〉〈奉獻給你〉
〈小蘇西醒來吧〉
昔日聽來曾落淚
今夜聞此淚更多

演出的酬金一百萬
演出的過程拍成紀錄片
演出的前一晚，兄弟都承認
吃不下任何東西
擔心上臺忘掉了歌詞

（當時為什麼吵，今日為何又和好）

世上兄弟相爭不是第一次
世上兄弟相認不是末一次
十年韶光十年事
有人說：時間是最妙的療傷藥

此話沒說對
能療傷的是時間裡另外有東西
若把時間比糖漿
那療傷藥是浸在糖漿裡
說不清，指不明
反正時間不是藥
藥在時間裡

那些始終不和的冤家啊
他們的時間裡沒有藥
或者是，真不幸
他們是至死也不肯服藥的人

啊，迴紋針

四十年前
尤查斯
廿一歲
美國中士。
沙麗
十九歲
英國戰爭部書記。

誰也不知道什麼叫命運

他們同時服務在
溝切斯特小鎮

一天
沙麗到
尤查斯的辦公室
找迴紋針，
就這樣
彼此　一見　鍾情

別忘了那是戰爭年代

尤查斯
即將去法國前線
他深怕
在那裡被打斷腿！
心中滿是愛
一言不發
離開了沙麗

戰爭總會結束的
尤查斯
完整無缺

回到底特律老家，
結了婚

沙麗
也和別人結婚，
離開那小鎮

奇妙的一九七六年
奇妙在沙麗　寫了
一封憂鬱的信：
收信人
尤查斯先生

一九八〇年
尤查斯的妻子去世，
一九八二年
沙麗的丈夫　離開凡塵。
一九八三年
終於突破海洋的封鎖
在底特律鎮小聚一月正
一九八四年
約翰・尤查斯
沙麗・瓊斯
宣布結婚，
那天

正好是情人節
春風駘蕩
繁花紛紛

說不幸
還不如說幸福
正想說幸福
又說成了不幸
上帝
這樣的韻事，
還是少來的好
愛情與青春

是「一」，是同義詞
青春遠而遠
愛情
不過是個沒有輪廓的剪影

尤查斯
沙麗
憐　惜
難說是愛情

為什麼青春才是愛情
不懂嗎
那你一輩子

也算不上情人
對於你這樣的笨伯
我打個比喻吧
枯萎的花
哪裡來的
芳香　豔色　蜜晶
怪誰
怪戰爭

悠悠相思四十年
啊　時間的迴紋針

第一個滑鐵盧

記不記得
比利時
有個地方
叫
滑鐵盧，
一百六十年前
英國的

衛靈頓
率領
英 俄 普 西 瑞
五國聯軍
在此
大敗拿破崙
是
近代
歐洲歷史
轉捩點
衛靈頓
做了

英國首相
封為公爵，
子孫
不但世襲名位
並且
在滑鐵盧
繼承了一塊
三千英畝的
土地，
做了地主
收租
一直到今天

目前的
衛靈頓公爵
不但向
耕耘他土地
的農民
每年收
四萬美元租錢
也還做
觀光生意，
最近他發現
當年祖宗
衛靈頓的
紀念品

賣得並不好

觀光客人
喜歡的
居然是那個
壞胚子
拿破崙的
紀念品。
尤其令他感傷的是
許多遠道
從英國來
的觀光遊客
也只知道

有拿破崙
不知道
有衛靈頓

感傷之餘
決定
在當年戰區
建立六個
新的英軍紀念碑
新碑甫立
即刻引起
比利時南方
一些說法語人民的

抗議，
有些參議員
在法國的
暗中慫恿下
不但抗議六個新碑
還抗議
整個滑鐵盧
打扮得
太英國化
甚至
進一步
要求

取消衛靈頓公爵
地主特權
他們在
比利時國會裡
憤怒地說
公爵的特權
完全
與
二十世紀不配
為
這件事
法國和英國
的輿論

都加入了爭執
義正
詞嚴
互不相讓
雙方
都認為
這
雖是
象徵性的一仗
但也是
是
第二個滑鐵盧
絕對輸不起

絕對輸不起

一九八三年十二月二日（《中國時報》）人間版，見後人先生作〈名稱象徵〉篇，讀至此段，忽感琅琅有詩趣，試綴短句節奏，質之亨利希·海涅，以為然否。

再者，那第一號衛靈頓公爵大人嘗言：「誰說習慣是第二天性，它根本是十倍於天性！」我想，如果海涅在旁，定會悠然地接下去：「是啊，我就是習慣於讚賞拿破崙一世的，看來大家也和我差不多。」海涅為了他「天神般的拿破崙」敗於衛靈頓之手而叫屈的那副捶胸頓足的樣子，實在可愛——海涅真是詩人，拿破崙真是英雄，衛靈頓真不愧為軍人，第二個滑鐵盧之戰也算得上真是一個有味的寓言。

南極・青草

三十歲的甫倫提斯
不敢對鏡
鏡裡的甫倫提斯
五十歲以上了

是遣駐南極的美國海軍
他說，工作得要死要活

然後，酒
喝得要活要死

零下一百度
火星差可擬
暴風雪盡颳不停
世上文明不知所云

持續六個月的白晝
引發定期失眠
持續六個月的黑夜
沮喪，妄想，譫言

而蘇聯人
在南極下棋，一個輸了
用斧將另一個斫死
因此，同時禁止在太空下棋

一九六〇年
在此過冬的人員
影片〈巴羅貓〉
看八十七遍

另一組人厭了西部片
厭了迪士尼及ＸＸＸ
便將各片剪接了一番

使來替換的人……

南極有個「三〇〇」俱樂部
全裸，由華氏二百度蒸氣浴室
跳入華氏零下一百度的空地
便是會員

海軍遣駐三月為期
普通人經檢查後可長久停留
最宜情場失意的哲學家
與君連袂，勿卻為幸

實實在在告訴你

有朋自南極歸
一到紐西蘭基地
立刻趴在地上吃青草

埃及・拉瑪丹

時針指在凌晨三點半
《可蘭經》的吟誦聲
高昂，拖著長長的尾音
除了誦經
其他還是夜的寂靜

一片咿咿唔唔的祈禱

雲海般鋪開來了

又動又不動的人群
拉瑪丹，埃及的齋月
開羅舊城
愛資哈爾清真寺

埃及清真寺五千多，愛資哈爾與其同名的
大學，合為伊斯蘭教權威
夜晚，阿訇身披白袍，講經佈道
密密麻麻的信徒
密密麻麻密密麻麻密密麻麻

整天沒吃沒喝，直到夕陽下山
響起炮聲
又是誦經聲
寺院，高建築上彩燈熠熠
由深藍的天空襯出來
這夜色，不說它美麗也不行

夜來，吃早餐，麵粉中摻入糖和油，極甜
極膩，我知道為何如此

穆斯林的意思是
齋月，讓有錢人嘗嘗
飢餓的滋味，

富裕的穆斯林，起碼捐贈八升穀物和相當
八升穀物的錢
窮苦的穆斯林，可以買件新衣買些食品
就這樣形成齋月後的歡娛
貧富調和法
就這樣

別國來的非穆斯林們笑了
我說，也是個辦法
有的國、有的教
連辦法也沒有

齋月不放假，工作時間縮短而已矣，

開齋節放假二天
第一個早晨，真的
家家門戶大開
親戚　朋友　鄰居　來道賀
佳節而結婚者頗多

我眼看別人結婚

我來埃及，準備愛上清真寺

伊斯蘭教，
唯一崇尚自然的教，
用植物的形象作裝飾，不像希臘之熱衷於

人體，中國之熱衷於飛禽走獸，在這點上，
別有深意，至少是很知趣

美術史家評曰
論宗教建築
清真寺最偉大
我想
沒有什麼最偉大的。
愛資哈爾好，好在
清純
一個醒著的夢
宗教是夢

在夢中堅持醒著
別了，愛資哈爾清真寺及其大學，今日
是開齋節第一天

沿路門戶大開
彬彬然進入某家祝賀
我當然又是異端，畢竟二十世紀末，額
上沒烙印，衣履頗時新，全按伊斯蘭教
的規矩行事
穆斯林闔家歡迎我

在別的國度

一切循其規蹈其矩
只因脊椎骨根上有所不然
就此做了大半輩子但丁

我說（我的話真多）
不說了

開齋節在埃及穆斯林家
飲其水饗其食
目見耳聞那股歡樂勁兒
余心癢癢
一個問句在蠕動

尊敬的先生
尊敬的夫人
請告訴我
是齋月為了開齋節
還是開齋節為了齋月

男穆斯林女穆斯林俱回答
回答到後來只剩笑
笑自己再說也說不明

我說
這是與雞和雞蛋一樣的，我不求答案
於是先生和夫人很高興，認為我提問提得

好，因為從來沒有人提過，又認為我的比
喻比得對，事情確實是這樣

於是，端出更可口的肴漿來
我說，請原諒
第一天開戒，不多飲食
他們驚異了：
您也過了齋月麼
我點了頭
您也是真主阿拉的人麼
我微笑不動
免於點頭搖頭

告辭
穆斯林先生及其夫人說
希望您再來我家敘敘
也許是句客套話
假如他們討厭我
不致說這句話，

余於伊斯蘭曆八月底正午十二時登亞力山
大埠，於伊斯蘭曆十月四日下午三時飛離
開羅，此次沒有再去看金字塔，斯芬克士
病危，我不是這類醫生

穆罕默德四十歲

說阿拉把《可蘭經》傳授給他
都是這個老辦法
自己要說的話
說是別人要他說的

不想看《可蘭經》
請看清真寺
當清真寺也不想看的時候
沒有什麼好看了

在埃及·拉瑪丹為期匝月，在另外的地方，
一年到頭，天天齋戒，天天誦經，天天
密密麻麻密密麻麻，時針指在凌晨三點半。

無憂慮的敘事詩

第一首

花生醬草莓醬蘋果和汽水
四天內會吃光
每小時五十哩速度行駛三千二百哩
豈非六十五小時
道格拉斯

三小時的時差
要算進去

除了道格拉斯的貪睡
還有十二月的暴風雪
取道梯哈查比山隘利用與車速等同
的氣流由西向東可謂順風

乍入灣區大雨滂沱
車群擁塞在路上
滿耳不祥的喇叭聲
曲曲折折我直撲聖荷西谷
灰色天　灰色地　灰色路

唯高壓電線塔是有情物了
一動不動地迎送我們

到達巴斯托之先理該小事憩歇
前方是星月無光的莫哈維沙漠
強風捲起野草球　團團飛過車旁
道格拉斯呆了　他開窗捉個野草球

拉斯維加斯
市街淹水
霓虹燈燦爛加一倍
賭場好躲雨
吃角子老虎吐給我一筆錢

道格拉斯輸得剩個大拇指
冒雨從加油站折回
吃三明治喝汽水找廁所清煙斗
尾食　蘋果就是尾食
布丁　不可能

我醒
他在檢查機油
早晨陽光　車窗結霜
車泊在亞利桑那小城
空白的廣告牌下
另一個問題是收音機只收ＡＭ廣播

我又不是鄉村歌曲迷
道格拉斯也不是
沒有比滾石樂更適合於駕駛的了
工業民歌之崛起與高速公路之興建
絕不是巧合
對嗎
道格拉斯說　對
絞死道格拉斯
他說　對

道路消失在濃雲中
顯然是暴風雪
發現車上有雪輪

又發現它並不能幫助我們
冰雹打車頂
毫無情趣地亂打

爬過新墨西哥州大陸中線點
再度暴風雪　強行衝到了阿布奎克
枯草球追我們　我們追枯草球
好疲倦
未及全程之半
嘗嘗開拓者的滋味吧　我不是先驅
你也不是　道格拉斯什麼也不是
德州潘罕鐸

大閃電　整個平原亮得像鋁板
黧鬱的龐然貨卡隆隆而過　而過
我們的車如粒小甲蟲
小甲蟲就小甲蟲

豪華強生旅館的侍者
一連給我三杯濃咖啡
我淌汗　傻笑
道格拉斯說輪到你睡了
天色大明
整個人興奮得金剛鑽似的
道格　我開車　你再睡吧　你

猜想已經逃過了
所有與我和道格拉斯性命攸關的暴風雪

過奧克拉荷馬市
泥漿飛濺
沾汙了好多裙好多靴子好多腿
道格瞪眼看我
道格是懦夫　膽小鬼

四點到六點的清晨最難熬
靠在座位上左也不好右也不好
沒有力氣罵他了

小岩市
住著一老友
畢竟南部人情濃似酒
引得道格拉斯撒嬌撒野
嗬嗨　安靜點　道格
我的朋友並不真是喜歡你

果然一回到車上警笛發狂嚎叫了
旋風
巨型漏斗從墨雲中蠕蠕垂落
魔王就是這樣子的
我們是路上獨一無二的行駛的車
道格拉斯也沒有被旋風捲去

午夜
艾維斯普里斯萊大廈關閉
就在外面看看
墓地周圍的佈置

田納西州有鞭炮買
點了引芯擲出車窗外
逗樂路人
使自己清醒

已是第八十個小時了
沿阿帕拉契山衝維吉尼亞而達賓州

直落熟悉的東部走廊
西部孤險東部平陽彷彿故意作對比
大國往往是這樣的
道格
搖下窗啊
深呼吸
紐澤西　哈巴肯高地
朝陽從紐約市升起
老牌哈德遜河
星期天的紐約
紐約靜得很不好意思似的
我放鞭炮了
他捧出一個野草球

擺在哥倫布的雕像柱下
為它拍照

別了　道格拉斯
你足夠駕車回你的波士頓
家媽媽熱湯軟床都是你的天賦本分
原諒我　道格拉斯

在第九十個小時分手
第九十六小時他來電話
為一百四十加侖汽油費道謝
還說　媽媽已承認他比從前可愛
叫他野草球

十二月的暴風雪
睡袋裡的野草球
聖誕快樂
絞死漂亮的道格拉斯

第二首

Telluride
尤蒂印第安人叫它
閃亮山谷
採礦者　那是八〇年代
稱之為　黃金市
本世紀初　五千居民

自命　無腹痛之鎮
接下來便是現在了
天堂　滑雪者之流如是說

維多利亞朝
山峽中的梯魯萊鎮
大大光彩過一陣
虎豹小霸王的真正主角
那個卡西迪
開創拔槍行劫聖米奎山谷銀行紀錄
一百年前那是多麼新鮮的玩藝兒
首座水力交流發電廠
也是一百年前在此霎地亮起

用電燈來做街燈
你想驚人不驚人

電影節之故鄉
葡萄節　鮮蘑菇節
Jazz節　室內樂節
就此來不及地忙過了秋天

冬天的冬天
積雪厚達三百吋
晏康巴格國家森林是聖地
遜璜山脈乃各種滑道之大觀
四百七十畝雪野

三十八條堂堂滑道
可以使人發瘋
一個個都是瘋了的

North Face
俯街而盤旋下山的滑道
垂直三千呎到谷底
或先進滑雪學校辦公室
或先去古斯金咖啡館吃點兒三明治
會告訴你中級天堂在高倫諾盆地
有新的升降吊車
且喝咖啡且吃三明治
勿以微笑代替小費

從一萬一千八百四十呎的峰巔滑到
Chair Three三椅基地
二・八五哩之道旁
我認為風景絕佳
滑雪名將是不注意風景的
因此我暴露了一己之淺薄

高倫諾牧場
有熱湯
非常家庭風味的熱湯
我非常愛喝
還有小商店

還有廁所

梯魯萊　曾是動盪的小鎮
現在不了
可以獨自走走
該市從一端到另一端
全長不及一公里
要去看看西阿生大廈
卡西迪兄弟們行劫的銀行之所在地
沒有什麼好看　去看看

仙娜特是頂好的餐館
大媲莉是仙娜特頂好的主婦

她的慷慨和善心差不多全是真的
仙娜特後面有三間小屋
有人和人的影子
某個時期　梯魯萊市
算了算　一百七十五名神女
正經的婦人絕不越過主街到此區來
這些我是知道的

榭麗丹旅館建於一九五八年
招待與菜式俱佳
在二樓我發現一幀奧德琍的畫像
當年的女名人哪
沙龍亦風調依舊

我愛牛皮裱起來的牆壁
從奧國迢迢運至的櫻桃木酒吧桌
一邊飲酒
一邊撫摩桌角
有時我亦難免回憶往事

與旅館接鄰
榭麗丹歌劇院
一九七三年以來電影節中心
一九一三年黃金潮時所建
此院音響極佳　故容易顯得
巡迴表演團往往效果不佳

聖派屈克天主教堂也將百年了
曩昔建築費不到五千元
說來我不甚信
繼之也想為自己造
一座如此便宜的教堂
還是附近走走吧
所遇皆愛爾蘭人
皆意大利人
皆奧國人
說他們就住在這裡
我住在約翰史東旅館
每晚十五元
比西部最佳頑童客棧低廉

那是要廿八元　不　廿九元
維多利亞客棧才是廿八元

梯魯萊
是個供閒蕩的城
我是個求閒蕩的人
夕陽西下
不要汽車
要橡膠靴子
人行道及街面
滑得要死
走走也就走不下去了
有免費穿梭巴士

A.M.7:45—P.M.10:00
每十分鐘一班
梯魯萊還是不愧為供閒蕩的城

茱侶安餐館的意大利食品我認為
北部風味　南部的決非如此
早餐　那是蘇飛奧的好
科羅拉多式的墨西哥午餐
不壞的　你不吃就不知道

也就要這樣走了
騎野牛日　聖派屈克日
到四月十四日滑雪區封關

最後幾個晚上花在
Fly Me
月沙龍
拉芙恐龍
火山
無窮無盡的迪斯可
跳死二十世紀
我是先二十世紀而罷休了
月沙龍之一角
細嚼披薩餅
宛如拿破崙侵占意大利
隨本地人的喜愛總是不錯的

本地男子都去
最後一元沙龍
Last Dollar Saloon
混跡撞球檯　諸般室內遊戲
喝遍三十五種不同牌子的進口啤酒

最後的最後一夜
上帝
我被拉去最老的酒吧
又被拉去佛洛辣多拉酒吧
轉入柯羅多奧維爾酒吧
強要我吃水牛漢堡包
上帝

我不吃

我要回去了

這裡的火爐別討好我了

最受歡迎的深夜酒吧不要歡迎我了

放我走

別以為我是印第安人

不過是天生一張瑪雅文化的臉

使我像要哭那樣地說

沒有地方要我回去

可是我要回去了

輯三

其一

浮桴之喻濫引而失義彼炎炎自命者奔波利祿鼿䫉猖獗何道之行與不行哉余遊北美偶涉華裔文苑披覽所及莫非薄物細故唼喋終篇余固知其不知所云者也正而葩之謂遺大投艱之任意在斯乎企來故述往志重辭始瑋潦風醒宿酲蘭桂出新體此其時乎此其地乎不亦說乎君子乎

其二

大杜沉鬱統體皆然偶擷翠枝亦蒼勁異趣懷古其二韻

尤美慨而步之飄泊春秋不自悲山川造化非吾師花開

龍岡談兵日月落蠶房作史時蕭瑟中道多文藻榮華晚

代乏情思踪跡漸滅瑤臺路仙人不指凡人疑

其三

巳丑春余導學武林貢院登壇敷說出入從眾羨優孟優
旃之猶得寓言余則滄浪清濁不及纓足雪夜閉戶守鐙
呫嚅此心耿耿欲何之謝家屐痕懶尋思錢塘有潮不聞
聲雷峯無塔何題詩大我小我皆是我文癡武癡一樣癡
龍吟虎嘯艸堂外騷人冷暖各自知

其四

浩劫之初余猶無恙有鋼琴家金師自挹婁返申省親濱友咸集奏蕭邦李斯特諸曲於深院幽宅夤夜從事蓋大違禁忌也翌夕聚飲市南豫園同座以即席賦句為趣促感金師之妙藝掇長短以傾忱滄海橫流舉世滔滔軒冕棄盡幸傲骨聯翩攜花載酒清夜迢遞撫鳳惜麟紅蠶吐絲蒼鷹咽雪冰心玉壺話浮沉揚鬚眉比高風亮節直指天星茫茫九派誰補更濛澒塵寰總紜紜念雲階月地謫

僊怨絕金戈鐵馬豪士悲聲蓬萊舊事歸來重理瑤琴迸
裂泣鬼神廣陵散願一曲初罷匝地陽春越明年金師以
私學音樂會入罪搜身得此手稿旋下獄卒貶為牧豬奴
時維戊申余亦縶囹圄羅織煽構間添此一大文字孽嗚
呼廣陵散之不祥古今如斯

其五

人皆畏朽余豈釋然以近三十為最憂悚適四十便置度外或反增今是昨非之獨樂覽盡荼蘼雕壇空人生有恨花始穠頻年金屋常寂寂老去玉樹猶臨風雖然亦有所悲銅雀未見春又深滿城落花馬難行江南再遇龜年日二十四橋無簫聲己亥之詠距今廿七寒暑去國離憂誠不知二十四橋為何物矣

其六

疇昔之夜朋輩論古詩十九首甲取生年不滿百常懷千歲憂乙取所遇無故物焉得不速老予取不如飲美酒被服紈與素不知其人觀其取

其七

春申浦東一江之隔無十里彝場之塵囂有五柳晉賢之
岑寂賃屋於遺老剪韮於新圃以俗還俗渾忘秦漢水鄉
萋萋野雲低荳花香殘杏子肥一從以酒代藥後三春無
夢倒也奇此辛卯舊吟去今卅餘年海外孤露自贖平安
月白風清每難自禁回首於不堪回首者

其八

丙辰二月予起壽奈南冠雙加莫展一籌奴役生涯日未出而作日入不得息胼手胝足踉蹌夜歸滌垢平喘俟四鄰俱寂乃鎖扃蔽牕挑燈潛作小畫累百選五十成帙自簽玉山贏寒樓藏畫集為陳氏昆季知以設宴賀壽索觀是夕微雨小樓一角頗幽潔肴漿羅列有烤豬肋鳳尾魚之屬陳氏難兄難弟寢饋筆墨一時之俊彥也弟新婚甚燕爾言新婦雅擅胡笳十八拍詢及沈家聲抑祝家聲瞠

莫對轉以居安思危調之一室粲然夜闌席終予體疲不勝酒而興猶未盡醉腕拈毫以謝主人吉雨霏霏良朋姍姍別樣蘭亭有人清如鶴才高比天雙飛彩翼獨攬青雲龍鸞味腴鳳尾香滿風月酬酢忘主賓更煮酒論當世英物誰與卿卿年華屈指堪驚贖兩三枯枝也鬧春此犀燈一點鮫珠百斛千栢嫌少萬劫猶真陽春白雪放誕風流莫道今人輸古人笑回首識三生石上舊時精魂處溝壑而輕狂若此洵可樂也

其九

公孫豹吾友也我公孫豹友也違五載三載杳音訊某夕
某子奔走相告曰公孫豹殺三士而遁城懸圖形舉國嘩
掀惟公晏晏豈獨無聞耶予曰此三人皆罪在必死者也
某愕質何知之審對曰不我誰知且知公孫尅日來見子
且留此眠食不容縱泄也

其十

曹門三傑論詩才植八斗丕五斗許操殆一石又報曹孟德書時下庶士之酸引望可以止渴青梅不足道即此告夜臺想安善再拜又盡陳思王集予獨賞高臺多悲風朝日照北林許比擬勃拉姆斯貝多芬之晚期化境惜二句以下轉愈薄俗徒落私悃卒以形影不見翩翩傷心終每誦輒呼負負迺度子建曾不識此二句之觀念所在止於摹景鋪陳而已不若叔夜之能以俯仰自得游心太玄蕚

承目送歸鴻手揮五絃襟懷既開意象自圓曹雜詩其一嵇贈秀才其二皆鶺鴒相憐之咏因寄所託植之失匪一失也康之得匪一得也詩國春秋野馬塵埃得失難言耶匪難言而乏人言耶樽俎久虛不勝惘然再者勃拉姆斯貝多芬於交響樂慢板之章忼高臺多悲風之慨哲思之因高而悲悲而益高矧多字之設閱世深深賢敏相訴剴切中抱三太息焉以多字接高臺悲風間適韻殊佳北林固地名也詩鷊風郁彼北林敘未見君子欽欽之思然則可作日出東南平耀西北解昳麗蒼涼遼曠無礙長圖大念參差代雄豈不壯哉溯予少年偏鍾高臺句之音樂通悟後歷半世滄桑方歎朝日句之澄明虛靚心性俱見一句縱向寒有聲二句橫亙煦以寂雍雍穆穆聲響之所難能臻呈矣嗚呼詩之出自為也既出自在也予之感喟良

匪子建初衷鴻鵠有知為予歍鴻而告陳思王曰青青子衿想同之耳

其十一

詩有可解者有不可解者清秋何處覓羅衣丹桂香銷玉人啼千投蟠桃無箇李十月陽春荻花飛䚯字䚯音餘付徜徉亦自失咲時予逾而立又三歲在戊戌鬻畫燕市所託稀少而出遊翩然視一時冠蓋為敝屣斯人豈獨顒頷哉恨恨未遇頑仙曹侯耳

其十二

白璧增輝者尤在閒情一賦蕭統高明惜未識陶潛此篇
意象每近米開朗基羅之商籟體堪附一笑而陶之為陶
梵樂希景頌巨富之樸素德施稱讀陶文頑可以廉懦可
以立嗎矣歸益風教迂歟甚哉

其十三

紅櫻燃枝藍苔繡階一夜暖雨如酯喜扶盆覷花捲簾驚
鷺西湖新晴誰賞木蘭舟纖纖浣苧長堤外嫩寒山氣酸
香梅乳醍醐萬葩醉流景方寸淒楚喚起琴僮寶馬逐風
絮囊盡佳句氤氳裡浥塵點點翡翠涼雨此四十年前慘
綠情懷之作每自嗤羅曼蒂克迴光有無窮之返照愛爾
蘭之葉慈若人之儔乎

其十四

辛丑春暮淞濱初識畫家原泓二子藉粵乃就飲於南京路廣州食府杯談漸酣仗酒言志若有人兮山之阿餐菊兮啜桂露臨深慨慷作高歌履薄輕颺起妙舞沉醉百年未盡量精思萬代樂適度跨長虹兮攜太白笑斥羣匠畫葫蘆

其十五

丁亥八月予歸西泠孤山晨夕清涼每詣羅苑與瞿禪先生敘詞事夏丈自釋其渾脫旋如風眼波無處逢之句意指二次國共談判可堪制淚看天已伶俜十年者亦感證時勢而非兒女傷心語焉浮光世事草草勞勞荏苒四十年夫子自道聲猶在耳近聞先生猶健在桑榆晚興以流觀蒲松齡遺篇為娛遣云豈木魅粉靈多寓聖人意耶年前閱報偶見有夏師女弟子追記尊長宿作者與愚所知

字句有別旨意似舛謹就憶誦錄出或供考辯拋卻西湖有雁山攜家況復住靈岩不愁盡折平生福并欲先支來世間無一字落人間野僧詩債亦休還但防初寫禪經了便有龍神夜叩關竊思先生懷抱素莫逆也揆之或無大謬日昨偶過唐人街於東方書店得夏承燾詩詞集檢此鷓鴣天愕見二句為攜家況復往靈岩七句為野僧詩債亦慵還異哉予憶誦失誤邪抑夏丈事後改定邪然則往已寧適往猶在道慵固溫醇休更颯爽遙望雲天不復得喋喋左右矣

其十六

壬戌夏末予籌赴新大陸整飭煩苦猶老女乍嫁倉皇自
理妝奩八月杪滬郊虹橋機場臨飛嘤占一律滄海藍田
共煙霞珠玉冷暖在誰家金人莫論興衰事銅仙慣乘來
去車孤艇酒酣焚經典高枝月明判鳳鴉蓬萊枯死三千
樹為君重滿碧桃花

其十七

甲子秋暮予應邀赴波士頓哈佛大學舉事繪畫個展寓亞當斯閣備蒙優渥時近耶誕每夕慶娛頻呈猶太裔美籍女史裘蒂專攻蒲氏聊齋異矣自名為九迪韻矣知予悅曩昔之Jazz樂雪晚相約馳車夜總會會名最後之采聲入見陳設一如卅年代風調其中憧憧如離魂者似多曾經滄海難為水之態蓬卻繼起卡薩布蘭卡主曲無誤也九迪風姿嫻孌背影髣髴英格麗褒曼當年巫鴻君偉

岸若古羅馬壯士而錦繡其中軒軒霞擧與九迪共翩躚全池為之生輝同座憲卿最幼精妙現代詩尤耽南渡詞章擬論吳夢窗輩取博士學位斟飲間以為唐宋踊舞亦每流顛狂予然其說昔張愛玲嘗表此見迺誦宿句曾記絃歌中宵舞散青螺髻憲卿稱賞大索全闋惜不復憶逋唯下半依稀自別後胡沙幽雪風塵幾掩玉笛何日重來酒潤珠喉更唱那三疊市橋人靜共看一星如月憲卿莞爾目擊知我行竊兩當軒也時九迪巫鴻舞罷歸座欲悉我等何以為噱憲卿雖諳英美語猝然無由信雅而達也

其十八

周氏二傑同始而岐終豫才啟明初程各領風騷中道分
馳志節判然昔啟明作雨書之際嘗自訴裴回於尼采托
爾斯泰之間觀其後隳何足以攀躋前賢而作姿態浩浩
陰陽本紀瀨末山高水落月小石出大哉豫才五四一人
口劍腹蜜如火如荼雖然懷疑與信仰豈兩全要之終不
免婦人之仁啟明垂暮有長壽多辱之歎蓋文心猶存觀
照未息偶憶知堂五十自壽打油剩韻匡義亦成一律年

來思家已無家半襲紅恤作袈裟仁智異見鬼見鬼長短相吃蛇吃蛇逃禪反從禪逃出修心便知心如麻多謝陳郎起清談又得高齋索苦茶陳郎者佛耳君也北美邂逅所共歷歷患難徵逐間輒以痛咥聞道大笑者為樂事為養生之道紅恤者我朱孔陽T恤也

其十九

雪消春臨驟暖若驚繁花領露細草賀晴竊念野隱不得
朝隱不欲市隱則身丁大刦縲絏十二載今作奇隱隱於
異國息交絕遊晏如愚如也亂世受人制早明萊公妻閶
闔復東漸我住閶闔裡群狐正丘首孔雀西北飛不知多
許事低頭餐蛤蜊圜闞高明戶魑魅呼魍魎衣錦終不歸
長安難安長盜泉水自甘惡木蔭可留所歡在風塵故作
風塵遊交誼美忘年率性即天倫牛背新稗子浮屠故情

人竹林風流盡海外酒常佳捐棄萬古愁勿復讀南華昔
無今有餘昔有今不足我亦行我素毋勞季主卜大風吹
南冠投簪別洪流嘹唳在四海志若無神州年來氣轉清
臨岐少踟躕鐙下記落寞不涉椎心事

丙寅上元紐約彭亭宴後

木心作品集——
西班牙三棵樹

作　　者　木　心
總 編 輯　初安民
責任編輯　何宇洋　施淑清
美術編輯　黃昶憲　林麗華
校　　對　何宇洋

發 行 人　張書銘
出　　版　INK印刻文學生活雜誌出版有限公司
新北市中和區中正路800號13樓之3
電話：02-22281626
傳真：02-22281598
e-mail：ink.book@msa.hinet.net
網　　址　舒讀網http：//www.sudu.cc

法律顧問　漢廷法律事務所
劉大正律師
總 代 理　成陽出版股份有限公司
電　　話　03-3589000（代表號）
傳　　真　03-3556521
郵政劃撥　19000691　成陽出版股份有限公司
印　　刷　海王印刷事業股份有限公司

港澳總經銷　泛華發行代理有限公司
地　　址　香港筲箕灣東旺道3號星島新聞集團大廈3樓
電　　話　(852) 2798 2220
傳　　真　(852) 2796 5471
網　　址　www.gccd.com.hk

出版日期　2012年7月　初版
定　　價　220元
ISBN　978-986-5933-12-8

國家圖書館出版品預行編目資料

西班牙三棵樹／木心 著；
--初版, --新北市中和區：INK印刻文學,
2012. 07　面；　公分.
ISBN　978-986-5933-12-8（平裝）
851.486　　　　101010548